紀念我母親，她教會我縫紉
克里斯·巴特華斯

獻給 所有親朋好友的小寶寶
露西雅·嘉吉奧提

©我的衣服從哪兒來？　　　　　　　　　　2020年1月初版一刷

文字：克里斯·巴特華斯／繪圖：露西雅·嘉吉奧提／譯者：黃聿君
責任編輯：朱永捷／美術編輯：黃顯喬
發行人：劉振強／發行所：三民書局股份有限公司
地址：臺北市復興北路386號／電話：(02)25006600／郵撥帳號：0009998-5
門市部：(復北店)臺北市復興北路386號 (重南店)臺北市重慶南路一段61號
編號：S300191

ISBN：978-957-14-6676-7 （精裝）
http://www.sanmin.com.tw 三民網路書店
※本書如有缺頁、破損或裝訂錯誤，請寄回本公司更換。

WHERE DO CLOTHES COME FROM?
Text © 2015 by Chris Butterworth
Illustrations © 2015 by Lucia Gaggiotti
Published by arrangement with Walker Books Ltd. through
Bardon-Chinese Media Agency
Traditional Chinese copyright © 2020 by San Min Book Co., Ltd.

我的衣服 從哪兒來？

文／克里斯·巴特華斯
圖／露西雅·嘉吉奧提
譯／黃聿君

三民書局

如果隨時都能穿上自己最喜歡的衣服，一定很棒吧！

可惜的是，你得配合不同的季節和場合，
穿不同的衣服。

6

天氣冷的時候，你得穿保暖的衣服。
天氣熱的時候，你得穿涼快透氣的衣服。
下雨的時候，你得穿防水的衣服。

你也得準備漂亮、帥氣，
和不怕弄髒的衣服。

7

可是，你的衣服是用什麼做成的？

8

還有，做衣服的材料又是從哪裡來的？

牛仔褲是用什麼做的？

你的牛仔褲是用棉花做成的，而且棉花長在矮樹上！
棉花籽需要大量的陽光和水才能長成矮樹。

花朵從花苞到綻放，需要十個星期左右。等花朵凋謝，種莢（稱為「棉鈴」）就冒了出來，慢慢長大。

棉絮

再經過幾個星期，棉鈴裂開，露出裡面雪白柔軟的棉絮。

我們用機器或是手工摘下棉鈴。

倒入帶有種子的棉絮

棉絮裡纏著種子。
我們用軋棉機去掉種子。

接著把棉絮綁成一捆一捆，送到紡紗廠。

種子

乾淨的棉絮

10

倒入棉絮

梳理

1. 鋼針滾筒把棉絮梳理整齊；
這個步驟稱為「梳棉」。
接著，把梳直的棉絮拉成較
粗的柔軟棉繩。

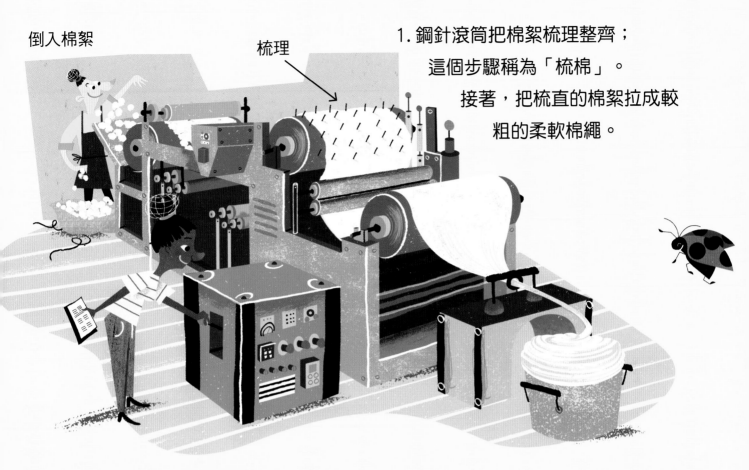

2. 接下來，紡紗機把棉繩拉細……

捻成一條線，稱
為「紗線」。

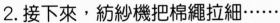

3. 到了另一座工
廠，把紗線染成藍紫色。

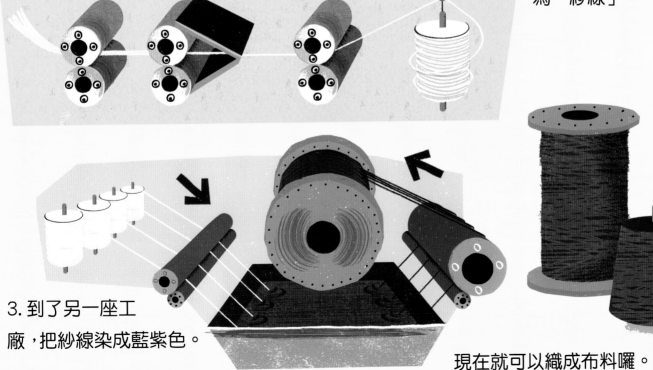

現在就可以織成布料囉。

織布機把紗線織成一塊塊布料。

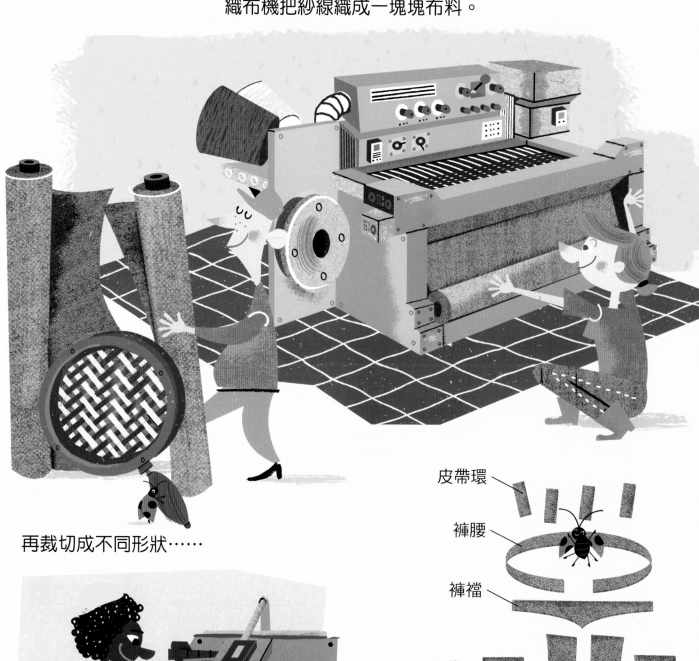

再裁切成不同形狀……

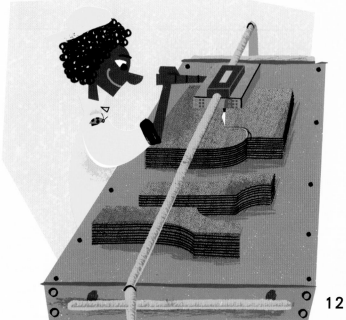

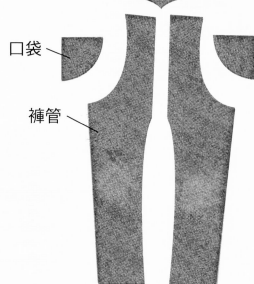

皮帶環

褲腰

褲襠

口袋

褲管

12

縫在一起，就變成你穿的**牛仔褲**。

牛仔褲質地**堅韌耐磨**，
穿起來**舒適透氣**。

其他植物也能做成布料。

亞麻布
是由亞麻的莖稈做成的。

亞麻布的歷史悠久：古埃及人拿亞麻
布來裹木乃伊；羅馬人
穿亞麻布做成
的長袍。

大麻的莖稈也能做成布料。
因為質地非常強韌，以前常用
來做成軍服。

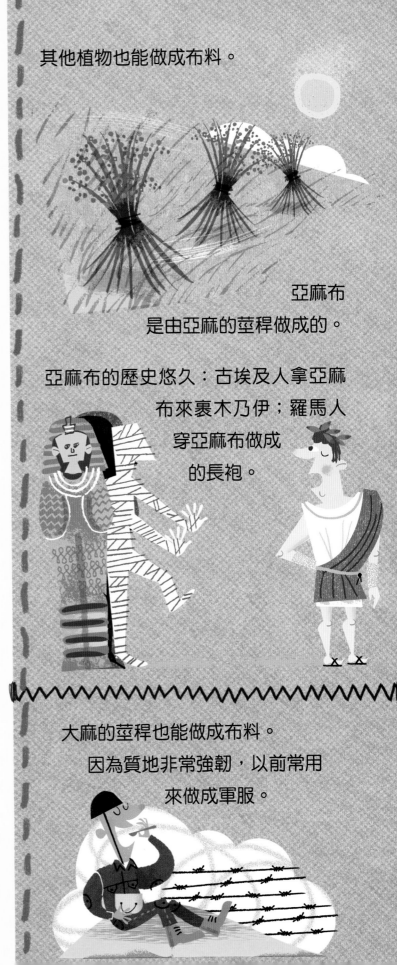

毛衣是用什麼做的？

答案是羊毛，也就是綿羊身上的長毛。綿羊一年剃一次毛（綿羊不會受傷，而且剃毛後變得涼爽，綿羊應該很開心）。

未加工的羊毛又髒又油膩，需要送到工廠清洗乾淨。這個步驟稱為「精煉」。

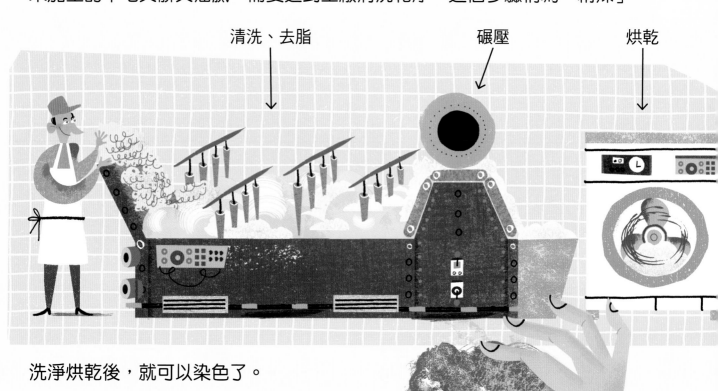

清洗、去脂　　　　　　碾壓　　　　　　烘乾

洗淨烘乾後，就可以染色了。

梳理機把羊毛纖維梳理整齊，
滾壓成粗厚柔軟的羊毛繩。

羊毛纖維彈性十足；紡紗機輕輕把它拉伸開來，再捻成紗線。

紗線非常細，所以要把好幾股紗線捻在一起，做出來的毛線才夠粗，才能織成毛衣。

用機器或手工都可以編織出毛衣。說不定，你家就有人會替你織毛衣！

這就是你的**毛衣**。
羊毛之前替綿羊**保暖**，
現在讓你又暖又舒服！

世界各地的人，利用不同動物身上的
長毛，製成毛線。

西藏有犛牛

北美有野牛

中國有駱駝

南美有駱馬和羊駝

阿拉斯加有麝牛

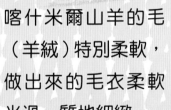

喀什米爾山羊的毛
（羊絨）特別柔軟，
做出來的毛衣柔軟
光滑，質地細緻。

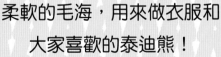

安哥拉山羊的毛，捲捲的；
柔軟的毛海，用來做衣服和
大家喜歡的泰迪熊！

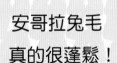

安哥拉兔毛
真的很蓬鬆！

小禮服是用什麼做的？

小禮服是用蠶絲做成的。蠶絲布料比其他布料都輕。此外，蠶絲還是蟲蟲製造出來的！

蠶其實不算是蟲；蠶是白色小蛾的幼蟲。

蠶農養蠶，一養就是好幾千隻，平時餵牠們吃桑葉。

蠶吐出一條絲，不停的繞著身體，最後成為蠶繭。一條蠶絲的長度，最長可以有 1.6 公里！

蠶繭得先烘乾，再丟進熱水裡煮軟。

蠶絲超級細，得輕輕的解開，再繞到捲軸上。

把一條條蠶絲拉直，捻在一起，做成更粗更堅韌的蠶絲線。

接下來，把蠶絲線染成鮮豔明亮的顏色，用織布機織成布。

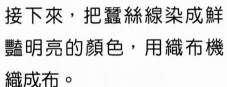

現在就可以製作你的**小禮服**囉。蠶絲能做出**特別的**布料：像是細緻飄逸的絲布、光亮的緞布和塔夫綢布、絨毛濃密的絲絨布……最適合特殊場合了。

你一穿上，就會感覺到自己與眾不同！

足球裝是用什麼做的？

用來做足球裝的纖維，是科學家發明的，因此我們叫它「合成纖維」或「人造纖維」。它們也有學名，像是聚酯纖維、尼龍等等。

1. 首先，把化學物質混合在一起，變成像糖漿一樣黏黏稠稠的。

2. 化學物質在機器裡經過擠壓，通過小洞孔，變硬後就成為一股一股細細的纖維。

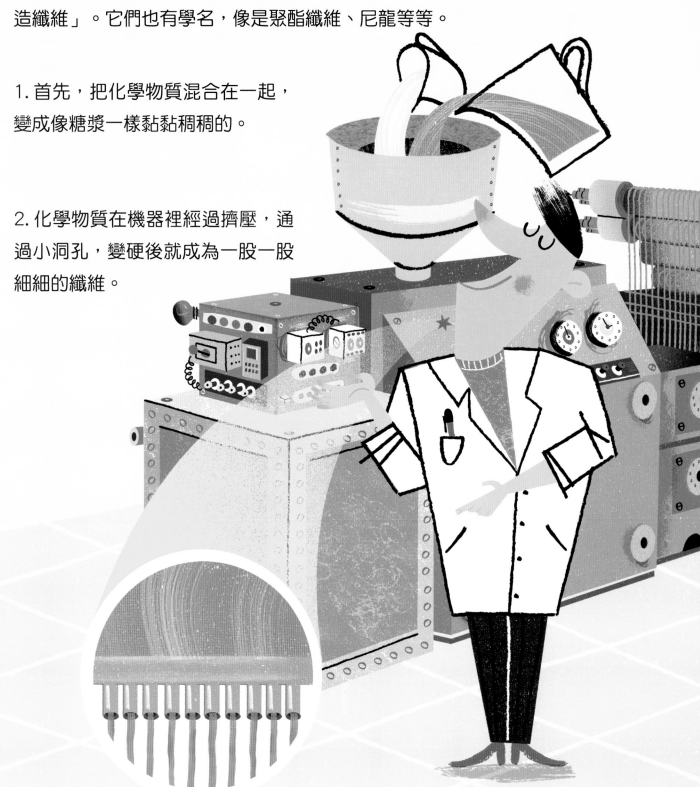

3. 滾輪拉伸纖維，捻成更粗更強韌的紗線，再把紗線纏繞在捲軸上。

接著就可以染色、織成布囉。

捲軸

合成纖維很適合做成**運動服**，不但**容易清洗**、**乾得快**，也不需熨燙。（幫你洗衣服的人，一定也很喜歡合成纖維！）

21

刷毛外套是用什麼做的？

寶特瓶別亂扔；回收後變身刷毛外套！

（大約十二個寶特瓶，就能製成一件刷毛外套）

寶特瓶進了回收廠，
先依顏色分類，

切成小碎片，

接著清洗……

吹乾。

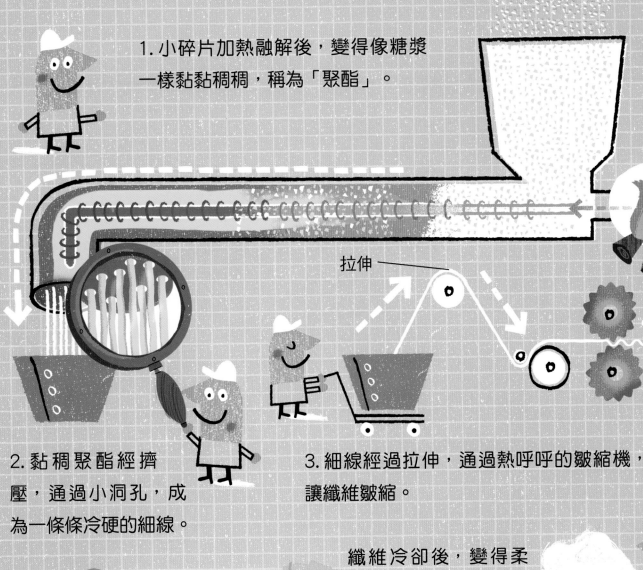

1. 小碎片加熱融解後，變得像糖漿一樣黏黏稠稠，稱為「聚酯」。

拉伸

2. 黏稠聚酯經擠壓，通過小洞孔，成為一條條冷硬的細線。

3. 細線經過拉伸，通過熱呼呼的皺縮機，讓纖維皺縮。

纖維冷卻後，變得柔軟蓬鬆，質感就像羊毛一樣。

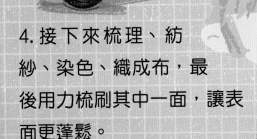

4. 接下來梳理、紡紗、染色、織成布，最後用力梳刷其中一面，讓表面更蓬鬆。

刷毛外套抵擋寒風：拉上拉鍊，**超保暖！**

雨靴是用什麼做的？

雨靴是用橡膠做成的。橡膠是樹的汁液！

橡膠樹生長在熱又多雨的森林，黏稠的白色汁液在樹皮裡流動。這種汁液稱為「乳膠」。

工人每天都會在樹皮上劃一道長長的切口（這個步驟稱為「割膠」），讓乳膠流出來，滴進碗裡。

在乳膠裡加入酸，
攪拌均勻。

把濃稠的混合物，
倒進模具裡。

凝固變乾後，
就成為硬硬的橡膠塊。

1. 把橡膠塊送到工廠，推進熱呼呼的滾輪機。

2. 不斷重複上一個步驟，直到橡膠變成柔軟有彈性的薄片。

3. 橡膠表面變得更平滑，再混入染料。

4. 接下來放進另一組滾輪裡，把橡膠片壓得更薄。

5. 在橡膠片上畫出鞋型，切割下來。

6. 把切割下來的橡膠片貼放在雨靴模具上。邊緣部分加熱，熔化後黏合在一起。

套上你的**雨靴**，踩踩水窪。雨靴能防水，讓你的腳**保持乾爽！**

資源回收小知識

你有沒有穿不下，或是穿膩了的衣服呢？

在世界上比較富裕的地區，我們每年扔掉好**幾百萬噸**的衣服。

這樣子很浪費。衣服別輕易扔掉，要回收再利用！把衣物放進資源回收箱。
（之後會被剪成一塊塊，做成抹布或床墊填充物。合成纖維更簡單，只要熔化就可以了。）

也可以

＊送給更適合的人！

＊利用布料，做成有用的東西。

＊拿到慈善或二手商店。

＊來個大改造──把舊牛仔褲的褲管剪掉，做成一條新的短褲或短裙！

二手商店

作者的話

我收集世界各地的布料；各式各樣的顏色和圖案，不同材質的觸感，我都好喜歡。一想到我們能把動物身上的毛或植物的一部分紡成線，再編、織、縫成衣物穿在身上，就覺得好神奇啊！

繪者的話

我替這本書畫插圖，真的是樂在其中。希望小讀者閱讀後能明白，身上穿的衣物背後，都有著精彩故事。

參考文獻

The Fleece and Fiber Sourcebook (2011)
Deborah Robson & Carol Ekarius 著，
Storey Publishing 出版

A Cotton T-shirt (How It's Made) (2005)
Sarah Ridley 著，Franklin Watts 出版

The Biography of Silk (2006)
Carrie Gleason 著，Crabtree Publishing 出版

索 引